KB208214

길에는 바람도 꽃도, 그리고 너도 있다

허정아

시집

2025년 2월이 되면서
눈도 많이 내리고 날씨가 추워졌다.

내가 사는 아파트단지 화단에는
배롱나무가 두 그루가 있다
그 아래로는 작은 클로버 밭이 있다.
낙엽을 살짝 들춰보니
클로버들이 앙증맞게 돋아났다

나는 벅찬 감탄사와 함께
클로버 가까이 몸을 기울이고
"아! 예쁘다"를 여러 번 말하고
다시 낙엽을 덮어 주었다

너무 소중하고 예쁜 클로버!
클로버를 보니
벌써부터
가슴에 봄바람이 불어온다.

글벗시선 221

길에는 바람도 꽃도,
그리고 너도 있다

허정아

시집

아쉬움도 많지만 소소한 일상에 감사하다.
누군가의 가슴을 토닥이고
꽃으로 피어나기를 소망해본다

길에는 바람도 꽃도, 그리고 너도 있다
세 번째 시집을 펴내면서 ....

꽃이 나를 보며

윤 보 영

꽃을 좋아하는 시인이
꽃을 보듯
꽃도 나를 보면
꽃이 닮고 싶은 나를 만나고

그 꽃이
내 안으로 들어서면
향기 나는 사람을 만난다

그 꽃과 사람들이 만나고
다시 만나
더 아름다운 세상을 만든다

윤보영 시인
대전일보 신춘문예 동시 당선
시인의 마을 등 시집 21권 발간
〈 윤보영 감성시인학교〉 운영
인스타그램 guft ldls

차 례

■ 시인의 말
■ 프롤로그 꽃이 나를 보며 / 윤보영 · 6

제1부 바람이 달다

제2부 고향 밤하늘의 별처럼

제3부 클로버 사랑

제4부 안개 속의 너

제5부 내가 나에게

제6부 봄을 기다리며

제1부

바람이 달다

명절을 맞아 한산한 도시!
혼자서 자주 가는
섬말공원에
산책을 다녀오는데
핸드폰 진동이 느껴져서 주머니에서
핸드폰을 꺼내 확인하니 아버지!
"여보세요?
네가 안 오니 서운하다"

가로등이 포물선을 그리는 시간

새벽 공기가 차다
설렘 가득한
우리를 태운 차는
공기를 가르며 달리고

길을 비추며 서 있던
수많은 가로등 불빛은
떠날 준비를 서두르는데

라디오에서
흘러나오는 옛 노래 가사가
마음을 센티하게 만든다

새벽 시간이 빠르게
포물선을 그린다
그대 가슴에 닿는다

수선화

제주에 왔다
아직은 겨울인 2월
짙은 향기를 풍기는
수선화꽃이 먼저 피었다

짙은 너의 향기는
아무리 맡아도
배부르지 않지만
따뜻한 너의 미소는
웃음이 나게 한다

제주에 와서도
수선화꽃처럼 웃던 너를
먼저 생각하고 있다
아
행복하다

낭만 제주

정방폭포
섭지코지를 거쳐
성산일출봉에 왔다
걷는 내내 비가 내렸다
내리는 비를
유채꽃은 즐기는 표정이다

성산일출봉 아래
갈치구이와 갈치조림이 있는
식당에 들어와서
펼친 생선 파티는 달콤하다

비가 종일 내려도
함께하는 사람들이 좋고
웃음꽃이 넘쳐
같이 있다는 사실만으로도 행복하다

낭만이 가득!
제주도는 아름답다
지금 내가 제주도에 있어
더 아름답다

명절 도시

일기 예보에는
한파주의보라 했는데
예상외로 포근하다

한산한 도로
경쾌한 새소리!
치열했던 도시는
명절을 맞아 평화롭다

명절 핑계대고
추억을 펼친다
아련한 기억들이
줄을 서서 나온다
그리움을 앞세우고 나온다

생동감 있는 찰라

포근한 겨울 날씨
산책을 하고 있다

눈이 녹은 개천 따라
반려견과 걷는 사람들
자전거를 타고 지나는 사람들

달리기를 하는 사람과
물위에 오리들
분주한 까치까지 생동감 있다

지금 우리 움직임처럼
저 멀리 있는 봄도
생동감 있게 달려오고 있겠지!

그래 봄!
곧 입춘이다
빨리 와

울타리

안전하기 위해
내 안에
울타리를 세웠는데
너무 그리워
자꾸 넘어가고 싶게 하는
너!
너는 누구니?

길(2)

바람과
바람 사이에도
길이 있다

그대 보고 싶은 마음이
강을 건너
내 가슴으로 들어오는 길!

딸

치과 수술을 하고
아파서 누워 있다

약을 먹고
자고 나도 아프다

다시
약을 찾는데
딸 목소리가 들렸다

딸 위로가
약보다 백배 좋다

햇살

한줌 들어와
눈을 비추면
따뜻한 빛

하지만
때론
눈이 부신 빛

둘 다
네 생각나게 만드는
빛!

탈이 없는 온도

365일 동안
일정하게 유지되는
36.5도

네 생각에
온도 유지
걱정 안 한다

기차

기차타고 가면서
차창 밖으로
흩어지는 풍경이 아름다워
다시 보려고 사진에 담으려는데
순식간에 사라져 담기지 않네

네가 생각나
눈감고 보았다가
눈을 뜨면 사라지는 너!

왜 하필
그런 너를 왜
흉내 내는 거니?

진달래

어렸을 때
고향 마을에서는
먹을 수 있는 꽃
진달래꽃이 피었지

봄이 되면
동네 뒷산은 온통
진달래꽃으로 덮였었지

한 세월 지난 지금
다시 모인 친구 얼굴에
진달래꽃이 피었다
고향 그리움으로 핀 꽃!

신비의 바닷길

내 고향 진도에선
매년 3월이면
신비의 바닷길 축제가 열린다

가족을 만나게 해달라며
매일 올리는 뽕할머니 기도에
용왕님이 바다에 무지개를 내렸고

뽕할머니는
가족을 만난 다음 날
숨을 거두셨다는
슬픈 전설이 있는
신비의 바닷길

뽕할머니 동상이 있는
고군면 회동리와
의신면 모도를 이어지게 하는
바닷길의 길이는 2.7킬로

1시간 동안
바닷물이 빠지면

기다렸던 사람들이 몰려와
장관을 이룬다

올해도
신비의 바닷길이 열리는
3월이 되면
부모님과 함께 걸어야지

만남 뒤 헤어지는
슬픈 전설을 지우고
그 자리에
우리 가족 웃음을 펼쳐야지

헤어짐이 아니라
만남도 있다고 알려야지

소금

천연 바닷물이
내 앞에 놓여 있고
그 바닷물
그대 생각 속에도 있고

내 앞에
바닷물은 짜다
하지만
그대 생각 속에서는
늘 달콤!

명자나무꽃

긴 삼동을 물리치고
처처에 활짝 피어
나를 사로잡던 너는

선혈을 뿌린 듯
붉은 꽃잎들이
우수수 떨어지는 모습으로
동백꽃잎처럼 강렬했다

짧은 만남이었지만
선명한 그 빛
가슴에 담는다

사랑이라며
이미 정이 들었다며
내 가슴으로 떨어진다

산딸기

산과 들에
딸기가 익는다

우리 사랑처럼
붉게 익어간다
참 그립게 익어간다

괭이밥

언뜻 보면 클로버
시큼한 맛 때문에 시금초
하지만 너의 이름은 괭이밥!

작고
노란 꽃
너도 어쩌면
행운일 수 있어

그래서겠지
괭이밥 위에
그대 얼굴 펼쳐진 이유!

웃음

서울 가는 도로는
언제나 차가 많다
거북이처럼 엉금엉금
가다 서다를 반복한다

기사아저씨 한숨을 쉬더니
전화를 거셨다
손님 모시고 대전 가서
오늘 약속 못 지킬 거 같아!

"기사님 우리 대전 가요?"
통화를 마친 기사아저씨와
동시에 웃음이 터졌다

기사아저씨 덕분에
약속 장소에 잘 도착했다
'대전'이란 말에
자꾸 웃음이 나왔다

그래, 지금처럼
웃음이 이어진다면 대전!
서울 가는 길에 들릴 수 있지

해변

맨발로
모래 위를 걷다가
너와 함께 걷던
그리움 속으로 들어섰다

코발트색 하늘이
발에 차갑게 닿고
그리움만 가득하다

저 앞 어딘가
그대가 있을 것 같아
이마져 행복이 된다
저절로 웃음이 나온다

바람이 달다

바람에
단풍나무 가지들이
서로 비벼댄다
바라보는데 정겹다

때맞춰
저녁노을도
하늘에 얼굴을 비벼댄다

나와 눈 마주친 하늘
부끄러운지 얼굴이 붉다

나팔꽃

낮은 곳에서
높은 곳으로 오르며
보라 빛으로 피는 너

매년
아침저녁 산책길에서
널 만났었지

만날 때마다
나팔을 불며
나를 반겼던 꽃

나팔꽃이 피었다
그리운 사람들의
웃는 얼굴로 피었다

좀작살나무

좀작살나무!
너의 달란트가 궁금해
꽃인지, 열매인지?
아니면 그냥 이름인지

꽃은 작지만
보랏빛 열매가 예쁘고
이름까지 특이해서
자꾸 눈길이 가게 돼

알고 보니
줄기가 작살 모양이라
좀작살나무로 이름 붙여진 너!
나도 내 안에
그대 촘촘하게 담겼는데
그럼 이름
뭐라고 짓지?

보배

해도 해도
끝이 없는
그대 생각

그 생각
그리움에 꿰고 보니
보배다

귀한 사랑이 되는
진짜 보배다

겨울잠

오랜 시간
겨울잠에 들었는데
어느새
깨어날 시간

그래
이제부터
네 생각
꽃이 피도록 하는 거야

제2부

고향 밤하늘의 별처럼

남동생은 귀찮아하면서도
올케와 나를
클로버가 많은 공원에 데려다준다
어떤 날은 올케랑 나보다
네 잎 클로버를 더 많이
채취하기도 하고 더
좋아하는 것이 틀림없다
덕분에 많이 웃는 시간들...

달력

한 장
또 한 장
달력을 넘기면서
그대 기다린 세월!

다 넘기면
만날 줄 알았는데
다시 펼쳐진 기다림!

계란 프라이

보글보글
지글지글
프라이팬에
계란이 달아오릅니다

'참' 그대도
계란 프라이 좋아했는데

침은 입 속에 고이고
그대 생각은
그리움 속에 고입니다

터졌다(3)

오랜만에 놀러온
중학생 그녀!
뭘 좋아하냐고 물었더니

초코과자, 초코음료
초콜릿이면 다 좋다고 한다

다시 물었다
"치약도 초콜릿 맛 써?"
아니요, 죽염 써요!

맞아
그대 좋아하는
내 마음 말고
늘 예외는 있을 수 있어

믿음

클로버 두 잎에는
'믿음'이라는
꽃말이
담겨 있다지요

맞아요
이 꽃말처럼
그대도 가슴에 담고 있고
나도 가슴에 담고 있을
"사랑해!"

이 말만 있으면
기다릴 수 있어요
흔들림 없이
오래 기다릴 수 있어요

고향 밤하늘의 별처럼

연초록 들판에
하얀 봄맞이꽃이 피었다

고향 하늘별처럼
무리지어
더 애틋하게 피었다

사랑이다
그리움이다

작약

수줍게 감춰진 몽우리를
한꺼번에 펼치는 매력!

그 매력에 빠지듯
그대 기다리는 마음으로
가슴에 꽃을 피우고 싶다

그 꽃 속에 빠지고 싶다
진한 사랑을 만들고 싶다

5월의 단풍나무

가을도 아닌데
단풍나무 잎이
울긋불긋

너 혹시
나처럼
지금 사랑 중?

클로버 밭에서

세 잎 클로버 꽃말은
행복!

클로버 밭에서
자세를 낮추고
세 잎 클로버를 들여다본다
잔잔한 행복이 담긴다

이름

나만 빼고
다 부르는 소리

성을 빼고 불러 줄 때
더 다정하게
들려오는 말

그러다가 알았다
나도 내 이름을
불러야 한다는 것을

이름 끝에
사랑한다고 말하고
잘 하고 있다고 말하고
자랑스럽다고도 말하고

약속

때론
부담스러워
정하고 싶지 않은 것

지켜야 하지만
어기는 날도
가끔 있는 것

손꼽아
오매불망
기다리게 만들기도
하는 것

그 속에
그대가 있을 때
더 지키고 싶어지는 것

공감

맞아
그렇구나!
이야기에 귀 기울이고

"옳거니!"
맞장구쳐주는

네가 한 말이라면
무조건
한 마음

돌아보지도 않고
한 느낌!

달과 별

무심코
올려다본 하늘에
달과 금성이 보인다

오랜만에 만난
연인처럼 다정하다

너와 내가 그렇듯
반짝 반짝 빛이 난다

그럼
우리도 만날까?

접시꽃

활짝 핀 접시꽃 옆에서
넋을 놓고 나팔꽃을 보다가
접시꽃을 가슴에 옮겼습니다
나팔꽃도 따라 들어옵니다

나팔꽃과 그대
접시꽃까지
모두 그리움이 담겨
더 예쁜가봅니다

풀(3)

들풀 향기가
내 안에 가득한
그대 생각을 밀친다
다행이
꼼짝 않는다

네잎 클로버(2)

너를
만나는 사람들은
누구나 기분이 좋지

네가
나 아닌 누구에게나
행운을 주어도 좋아

혹시 아니
그 누군가에
날 좋아하는
그대도 포함 되어 있을지

정자

정자에 앉았다
시원한 바람이 분다
그리움을 담고 부는 바람!

내 곁을
지나가는 바람
그리움 속에
정자를 세우란다

보고 싶은 마음으로
짓다 보면
금방 세워 진다고

행운의 한탄강 하늘다리

연천 종자와 시인박물관에서
출판기념회를 겸한 시화전이 있었다
가슴에 꽃을 피운 시인이 모여
꽃밭을 만들었다

캘리그라피 시연회 초대를 받아
두 번째로 찾은 연천
'종자와 시인박물관'은 축하와 공연
웃음이 넘쳐나 향기로웠다

행사가 끝나고
집으로 돌아오는 길!
포천 한탄강 하늘다리에 들렀다
아찔한 협곡은 역시 아름다웠고
한 폭의 그림을 연출했다

굽이쳐 흐르는 한탄강 물줄기
투명 유리존을 피해
게처럼 옆으로 걸었다
다리 끝에서 내려다본 한탄강은
강렬하게 느껴졌고

자연의 신비로움 그 자체였다

시인들과 따뜻한 시간도 좋았고
하늘다리 아래로 흐르는
한탄강의 신비로움을
가슴에 담는 것도 좋았다

주차장에서 만난 클로버 밭에서
행운을 찾았다
돌아보니
한탄강에서 보낸
오늘이 행운이었다

강아지풀

강아지풀이
도로 모퉁이에
모여 피었다

반려견 사랑!
강아지풀도
요즘 유행하는
이 말을 알까?

안다는 듯
바람에 흔들리며 피었다

고구마

뿌리와 잎
줄기까지 먹는 고구마

태안사는 시인님이
고구마 한 상자를 보냈다
삶았더니 꿀맛이다

보낸 사람 정이
막 쪄낸 고구마 맛과 함께
가슴에 담긴다

나도 모르게
얼굴 가득 웃음이 번진다
이게 따뜻한 사랑이다

떨어지는 단풍잎을 보며

높고 깊은
가을 하늘 아래
나뭇잎은 단풍이 들고

부드러운 바람이
나뭇가지 틈새를 지날 때마다
한 잎 두 잎
떨어지는 낙엽은 행복

조금만 더
조금만 더
물 흐르듯 빠른 시간이
못내 아쉬웠던 우리

단풍잎을 보다가
담기는 그대 생각
이제 곧 만남이니
아니면
아직 기다림이니?

서양등골나물

드라이브 길에
도란도란
산책길에도
도란도란

늦가을에 내린 눈처럼
하얗게 다가온
서양등골나물

반갑다
반가우니
우리 자주 만나자

사방천지
쑥부쟁이꽃도 함께 피워두고
너를 만나야겠다

계단

올라가는 건
건강에 좋다는데
내려오는 건
건강에 해롭다나?
이유가 알쏭달쏭!

올라가는 층층마다
거칠어지는 숨
점점 무거워지는 다리
건강에 좋다 하니
힘을 낼 수밖에

그러면
내려갈 때
그대 생각해도
건강에 해로울까?

구실잣밤

고향에서
후배가 보내온 구실잣밤
도토리를 닮았다

한 톨 한 톨 먹다보면
잣 맛이 나는 밤
그 맛 속에
해안 길에서 주워 먹던
추억이 담겼다

구실잣밤 핑계로
후배에게 전화를 했다

고마워!
잘 지내지?
주고받는 목소리에
잣 향기가 베였다

용서

원망, 미움
증오 같은 이름의 상처가 남아
마음을 괴롭힌다

수많은 사람과
관계를 맺으며 살아가는 우리는
상처를 주고 받는다

조금 더 가까이서
더 자주 들여다보고
잘못이 있으면 꾸짖기보다
모르는 척 덮어 주어 보자

스스로 미움을 밀어내고
그 자리에 사랑으로 덮을 때까지
기다려 주자

멀리서 웃어 줄 수 있는
내가 되기 위해
먼저 손 내밀고 용서하자

상처 입은 나를
상처 준 나를

제3부

클로버 사랑

예전에 살던 빌라 단지에는
보랏빛 라일락꽃이 많이 피었었다
클로버 사이사이에 핀
봄맞이꽃도 예쁘지만!
우연히 만난 하얀
라일락은
반갑고 향기로웠다

처음

두렵기도 했고
설레기도 했던 순간!

그렇게
당신을 만났다
지금 사랑
당신을!

뽀드득 뽀드득

응달진 담벼락 아래로
덜 녹은 눈을 밟고 걷는다
그대 생각에
뽀드득 뽀드득

가도 가도 그 자리
발자국을 만들며 걷는다
뽀드득 뽀드득

너라면 더 좋을 그림자가
날 따라오며
뽀드득 뽀드득

누가 보면 안돼
내 안으로
눈길을 돌려놓고
뽀드득 뽀드득

여행(3)

오늘 다녀와도
내일, 모레
또 가고 싶은 여행!

혹시
매일 매일 꺼내도
늘 부족한
그대 생각 채워 주고 싶었나?

토닥토닥

사랑을
리듬으로 담으니까
행복이 저절로 담긴다
웃으면서 담긴다

티키타카

티 하면
타 오는
우리!

그만큼 익숙하고
이만큼 가깝다

동그라미

내 이름에는
하늘, 땅, 별
동그라미가 3개

그리고 하나 더
우주를 담고도 틈이 남는
사랑!

무지개

빨, 주, 노, 초, 파, 남, 보
자연이 주는 선물

사랑, 행복, 미소
즐거움, 기쁨, 만족, 희망
그대가 주는 선물

모두가 선물이다
받고 싶은 선물
주고 싶은 선물

배

배는
장소와 환경에 따라
각각 다른 의미의
배가 된다

하지만 나는
좋아하는 마음이
너 보다 배!
이 배가 제일 좋다

별(2)

별은
올려다봐야
만날 수 있고

그대 생각은
그리움 속으로 들어가야
만날 수 있고

금지구역

다가설 수 없고
닿을 수도 없어
그저
바라만 보는
미지의 마음!

사랑일까
그리움일까

첫사랑

세월이 흘러도
내 안에서
꺼내면 꺼낼수록
더 보고 싶어지는

그러다가
아련해지는 기억
그 속에
다시 선명한 그대 얼굴

사다리

높은 곳을 올라가고
내려올 때 필요한 사다리

게임에도 사용되고
"꽝"에 당첨되어도
늘 웃게 하는 사다리

사다리를 올라간다
복불복
그대를 못 만나도
그리움 속에서 올라간다

클로버 사랑

지천으로 핀
클로버 꽃이 예쁘다

하지만 나는
우연히 만나는
네잎클로버도 좋다

너는 언제나
나에게 행복이니까

아니
만나는 순간
가슴 가득
행운이 담기니까

하얀 라일락

봄만 되면
연보랏빛
라일락을 만났는데
올해는 운 좋게
하얀 라일락을 만났다

진한 그리움을 담고
내 가슴에 담긴
그대 생각처럼
내 사랑처럼

정체

출근 길
쏟아져 나온 차량으로
밀리는 도로를 피해
샛길로 들어섰다

평소에는
밀리지 않은 길인데
이런, 이런
얄팍한 재주에
샛길에 갇혔다

그리움 속이라면
아니 진한 사랑속이라면
막혀서 더 좋을 텐데

신분증

내가 나란 걸
네가 너인 걸
알려주는 신분증

우리 사이에는
확인할 필요가 없지만
우리 사랑에는 필요하다
얼굴 대신
좋아하는 마음이 놓인 신분증
꼭 필요하다

풀(2)

자랄 때는 연하지만
자라서는
베어져도
다시 자라나는
뿌리 깊은 근성!

가꾸지 않아도
저절로 자라나는 너를
나도 닮고 싶다

너의 향기는
싱그럽다

말발

장소에 맞게
분위기 먼저 살리고
능숙하게 나를 웃게 하던 너

번지르르하게
말솜씨 좋은 네가
나를 웃길 때마다
더 좋아지는 너

내가 좋아한다는 사실
알아차리고
나에게 시선을 모아 주면
더 빛날 너

한글

가장
적은 문자로
가장
많은 말을
만들어 낼 수 있는
최고의 재료

수국

작은 꽃잎들이
오밀조밀 모여
커다란 꽃송이가 되고

다시
연한 색으로 담겼다가
파란색이 된다
진한 홍색이 된다

꽃빛 닮은 그대 얼굴!
쉽게 찾을 수 있게
내 안에 꽃빛으로 담긴다
진한 유혹이다

사진

찰칵!
한 번이면
추억으로 저장 된다

언제든지
지금 모습으로
꺼내 볼 수 있는 얼굴!
그대 모습을 찍는다

꽃이며 나무
강물을 보며 꺼낸 얼굴
그대를 사진 속에 담는다

간장국수 레시피

나 없어도
잘 챙겨 먹으라며
알려준 간장국수 레시피

면은 삶아
차가운 물에 한 번 씻고
간장, 설탕, 고춧가루
식초 한두 방울
참기름 두르고 먹었는데

어?
그 맛이 아니네

혹시
사랑이 빠졌나?
누구도 흉내 낼 수 없는
당신만의
그 레시피!

만국기

야탑 먹자골목 입구에
만국기가 펄럭인다

청군 이겨라
백군 이겨라
힘차게 외치던 운동회처럼

운동회의 꽃은 역시
청백계주!
배턴을 이어받고
숨도 안 쉬고 달리던 친구들
보고 싶다

내 마음을 아는지
만국기가 펄럭인다
보고 싶다
보고 싶다

인물값

클로버 밭에
하얀 꽃이 가득 피고
벌들이 날아와 앉았다

네잎 클로버를 찾다가
갑자기
'꽃이 너를 닮아
예쁘데!'

네 생각 하는 날 보고
크로바가 웃고
나도 따라 웃고

오늘은
웃음 자체가
행운이다 행운!

엘리베이터

사람들을 싣고
오르내리던 엘리베이터가
갑자기 멈추었다

사각
섬에 갇혔다
불안하다

이 섬이
그대 그리움이라면?

메아리

소심하게 부르면
돌아오지 않지만
용기 내어
크게 부르니까
그제야 들리네
그때 그 고백처럼

제4부

안개 속의 너

더위를 유난히 타는 나는
여름이 힘든
계절이다
그렇지만!
클로버를 보러 산책을 나가는
시간이 언제나
좋다

커튼

스르륵
빛 한 줄
스르륵
어둠 한 아름

스르륵
그대 얼굴 한 자락
스르륵
그리움 한 아름

여름 이야기

여름은 덥다
더우면
주위 온도가 올라간다
온도가 올라가면
생활이 불편하다

이럴 때는
신바람 같은
그대 생각 불러내면
온도가 내려간다
그 자리에
꽃이 핀다

마우스

원하는 곳
어디든
이리 저리로
데려다 주는
고마운 쥐!

사랑까지
확인하게 만들어
좋아하지 않을 수 없는 쥐!

애기똥풀

오른쪽
왼쪽으로
여러 겹
노랗게 흔들리는
애기똥풀을 보다가

그대 그리워
몸부림치던
나를 만난다

바람이 분다
담 모퉁이 돌아가던
바람
그 바람 속에 그대가 보인다

주차장

내 마음속에
그대 생각은
꽉 차 있답니다
바쁜 일상
잠시 기다려 주시겠어요?

시간

한 번도
쉬지 않고
어디로 가니?

내 그리움 속이라면
봐 줄 수는 있고

아마

화장품처럼
사랑이 없을 때는
그렇게, 그렇게
살 수 있었는데

너를 알게 된 지금
너 없으면
그렇게, 그렇게는
절대 못살지 아마!

촛불

행복, 건간, 부와명예
이루고 싶은 소망
앞에 두고
후!

가슴에
쓸어 담았다

어깨

어깨는
너에게 내어 줄 수 있는
나의 일부
마음의 일부!

하지만 사실은
나도 너에게 받고 싶은
사랑의 일부!

안개 속의 너

뿌옇게 보이더라도
다시 한번
더 보고 싶은 너

아니, 내가
안개 낀 강물이 되어
두고두고 보고 싶은 너!

속도위반

조금 더
빨리 가려다가
위험에 빠지기도 하는

하지만
사랑에서는 예외야

네 생각 하다가
사고 나면
내가 책임질게

버튼

자꾸만
꾹
누르고 싶다

그대 생각
잘못 눌러
보고 싶어 혼났으면서

보름달

밝은 네 얼굴로
차오르니
내 마음도 가득 찬다

그리움이
아니
그대 사랑이

낮달맞이꽃

달맞이꽃이
밤에 노란색 꽃을 피우는 것은
해보다
달을 좋아하기 때문이고

낮달맞이꽃이
낮에 분홍색 꽃을 피우는 것은
달보다 해를 좋아하기 때문이고

하지만 나는
노란색 달맞이꽃을 보면
그대가 생각나고
분홍색 달맞이꽃을 보면
그대가 보고 싶소

천사대교

낮의 길이가 짧아져
순식간에 어둠으로 변한
천사대교 앞에서

하늘로 쏘아 올린
오묘한 빛!
오로라를 연상케 한다

인적 없는 다리 위로
그 빛을 타고
천사가 내려 올 것 같은
늦은 가을밤!

천사대교
이름을 빌려
그리움 속으로 들어선다
그대를 만난다

처마

그늘도 주고
비를 막아주고
햇빛도, 잠시
피할 수 있게 해주는 것처럼

알고 보니
당신은 나에게 처마였다
고마운 마음을
풍경처럼 달아 놓고 싶은

탑

공들여 쌓은 탑도
사라질 수 있다고 하지만
탑을 쌓은 마음은
사라지지 않아

나도 그랬듯
성실하게
최선을 다한 일은
그 뜻이 기억으로 남거든

단풍

어제 분명
초록이었는데
오늘은
얼굴 붉힌 너!

혹시 너
내 앞에 수줍던
그 사람 얼굴이니?

아니면
그대 앞에
가슴 뛰던 내 얼굴이니?

고석정 꽃밭

친구와 철원 여행 중에 만난
고석정 꽃밭!

수레국화에
아메리카 해바라기도 예뻤지만
빨강, 주황, 노랑
촛불맨드라미가 일품이다

촛불맨드라미는
사랑과 열정이라는 꽃말을 가진
강렬한 빛깔의 주인공!

해질녘
바람에 기대 핀 맨드라미
석양빛과 어울려 더 아름답다

한 송이, 두 송이, 세 송이...
걸을 때마다 가슴에 담기는 꽃!
담긴 꽃송이만큼 행복했다
걷는 만큼 즐거웠다

꽃댕강나무

아파트 화단 가운데
꽃댕강나무가 있다

벌떼가 꽃을 찾아와도
흐트러짐 없이
향기를 내는 여유

그대 앞에
허둥대던 나와
달라도
너무 다르다

카밀레

너는
역경에도 굴하지 않는
강심장!
너를
사랑이라 부르기로 했다

나도
그대 가슴에
향기로 담기고 싶은
그 마음을 담아

다이어트

이번 생은 틀렸다
행복하게 먹자

이 생각으로
날마다
쉬지 않고
그대 생각만 하고 있다

제5부

내가 나에게

꽃사슴과 친정집에 김장을 하러 왔다
김장을 마치고 동네
사람들과 마을회관에서
점심을 먹었다
꽃사슴이 재롱잔치로 춤
한바탕 추자
마을회관은 박수소리와 함께 웃음이 넘쳐났다

강둑 따라

강둑 따라 핀
나팔꽃!

그 사이사이로
호박꽃, 바늘꽃
달맞이꽃과 메꽃이 피었고
달개비와 유홍초도
꽃을 피울 자세다

차를 세웠다
보이는 게 꽃!

보고 싶은 마음
강물이 된
강둑 따라 피었다

시간이 약이다

알 필요 없는 사실로
요 며칠 고민을 했다

알면 병이요
모르면 약이라더니
마음고생해 보니
이 말이 맞다

어쩔 수 없이
알아야 할 사실이고
어쩔 수 없이 고민해야 한다면
그 사실, 당신이
날 좋아하는 것이었다면?

나는 웃음으로
잠시 고민을 덜었다

전등

없으면
소중함을 아는
존재!
하지만
늘 생각나는
그리움과 달리
어두워야 한다는
조건이 붙은

비행기

뜨기 전부터
뜰 때가지
설렘이 가득 찬다

하지만
뜨고 나면 날아간다
그대 생각 속으로

눈도장

한 번 찍히면
되는 줄 알았는데
자주 가야
아는 것 같더라

믹스커피

너는
종이컵에 타야
제 맛이지

그대 생각을
좋아하는 마음에 담아야
더 실감나듯

내가 나에게

마음을
주기도 하고
받기도 하는
우린 그런 사이
참 좋아!

지금
이대로
변치 말고
늘 사랑하자

잡초

잡초야
너를 뽑아야
나를 지킬 수 있어서
어쩔 수 없어

그렇다고
너를 뽑을 수 없게
내 보고 싶은 사람
얼굴을 만들어 줄 수는 없잖니?

한 잎 클로버

운 좋게
한 잎 클로버를 만났다

오직 한 사람
날 좋아하고
나도 좋아하는 그대
그대를 생각하라는 듯

기다림

가을이다
가로수 잎 떨림이 좋다
바람이 스치기만 해도
까르르 웃는 나뭇잎

가을이다
떨어진 잎처럼
그대 생각 모아
보고 싶은 얼굴을 그린다
참 행복한 가을

김장

전날 준비해둔
많은 재료
함께 버무려
배추 사이사이에 넣고
김장을 만든다
김치 통마다 차곡차곡

겨우내
맛있게 먹을
가족들 얼굴이 생각난다
고생한 내 마음에
행복이 차곡차곡

주먹밥

동글동글
보고 싶은 마음 한 스푼
동글동글
기다림 한 스푼

사랑이 된다
설렘이 된다

딸기 (2)

멀리서부터
달콤한 향기로
다가서는 딸기!

달짝지근한 향기로
너 보다
그대 생각이 먼저 나는데
봐 줄 거지?

느낌

눈만 봐도
느낄 수 있는 마음
이게 사랑이야

그 사랑으로
내 안에는
꽃이 피었고

월동

꼭 꼭 동여매
새는 곳이 없도록 하자
얼어붙은 곳도 없게 만들자

꽃 피는 봄
그대 열 수 있게
그리움을
내 안에 담고만 있자

토닥토닥 (2)

엄마 손
내 손
내 딸 손

모였다
지금처럼
앞으로도 늘
행복하자
우리!

김치전

김장김치 묵혔다가
김치전을 만든다

프라이팬에서
김치전이 소리를 내면서 익는다

겉은 바삭하고
속은 알맞게 익은 식감!

도톰한 김치전을 먹는다
세상을 먹는다

기분 좋은 바람

포근한 겨울이다
눈을 감고
바람 부는 방향으로
얼굴을 내민다

다가온 바람이
귓속말로 속삭인다

이제
보고 싶은 마음 열고
담고 사는
그대 모습 꺼내 보라며

눈(3)

하얀 눈이
소복하게 쌓인 길
그리움처럼
그대와 함께 걷고 싶은 길

그리움이 만든 길
눈길처럼
그대 생각하며 걷고 싶은 길

연기

굴뚝에서
연기 피어오르면
담장 너머 다른 집
저녁 메뉴가 궁금해지고
맛도 궁금했었지

그럴 때마다
사랑과 달리
우리 것도 아닌데
군침이 돌았지

그대 생각

봄, 여름, 가을, 겨울
무한 반복

사랑이란 이름으로
행복이란 느낌으로

폼

겉만 번지르르
그런 네가 폼을 잡으면
속까지 꽉 찬 나도
폼을 잡아야겠다

진짜 폼은 이런거라며
당신에게 보여주던
그 멋진 폼을

제6부

봄을 기다리며

김창옥 토크콘서트에 다녀왔다
너무 많이 웃고 감동적인 시간이었는데
토크콘서트가 끝나갈 무렵
나는 울음이 터지고
말았다
예상치도 못한 설명할
수 없는
분명!
필요한 울음이었다

까치 (2)

까치 소리가 들리면
길한 소식이 온다고 했어
주위 한 번 보고

까치 무리를 만나면
그리운 사람 만날 수 있어
기다림 한 번 열어보고

유리창

겉과 속이
다 보이는
유리창
너!

그리움처럼
다 보여서 좋기도 하고
좋아하는 마음
다 보여서 아쉽기도 하고

액자

내 안에
늘 머물 수 있게
그대 보고 싶은 마음
그리움 속에 가둔다

그대
만날 수 있게
웃는 얼굴을 내민다

지나고 보니
이게 행복이었다.

마술사

꽃은
예쁘잖아요?
하지만 당신은
꽃보다 더 예뻐요

빈말인줄 알면서도
웃음이 나오고
기분까지 좋아지는 걸 보면
당신은 마술사!

그러니 나를
꽃으로 피워주세요
그대가 좋아하는 꽃으로

석류

석류를
먹기 좋게
반으로 자르면
붉은 과즙이 주르륵

알알이 톡톡
터지는 그 맛에
웃음꽃 피는 저녁시간!

릴레이

누구나
할 수 있다
칭찬 릴레이

누구나
했으면 좋겠다
칭찬 릴레이

하지만 나는
칭찬만큼
듣고 싶은 말이 있다

좋아하는 그대가
나에게
"보고 싶었어!"

봄(2)

꽃을 피우면
더 예뻐!

네가 봄이고
내가 꽃이니까

봄비2

막 핀 꽃이
떨어질까
가슴 졸이는
그 마음도 모르고
이어 내리는 비

너
지금
질투하고 있니?

취하다

짬도 없이
피어나는 봄꽃들이
맘껏 내어준 향기에
기분 좋게 취하는
이 멋진 오후!

그런데 사실은
네 생각이 더 진해!

조팝나무꽃

바람이
살랑 살랑 꼬리치면
내 안의 그대처럼
하얀 이 드러내며
환하게 웃는 너!

네 웃음에 반한 나는
솔직하게 말하면
바람에 눈길 줄
여유조차 없다

명자나무꽃 (2)

봄바람 쐬러 갔다가
명자꽃 너를 만났지
해지고 퍼지는 서쪽 하늘
그 주홍빛 노을 닮은 너

네 모습 너무 예뻐
노을 함께 본 그대 생각에
보고 싶어 죽는 줄 알았지

그래도
참 좋더라

찔레꽃

겹겹이
꽃잎이 모여
한 몸을 만드니
너는 외롭지 않겠다

아니, 외롭지 않게
내 사랑이었으면 좋겠다

꽃비(2)

언젠가
꽃비가 내리던 날
네 생각에
가슴을 열었다가
책임도 못 질
꽃비만 흠뻑 내려
마음이 젖었었지

그래도 다행인 게
그때 내리기 시작한
꽃비
네 생각할 때마다
내려

앵두

소쿠리에
앵두가 한 가득

"맛있게 먹어!"
툭 던지듯 말하고
저만큼 달아나는 너

해마다 앵두가 익어가고
해마다 네가 생각나고
잘 살고 있겠지?

블루베리

땀 흘린 농부의 정성이
톡 톡
입안에 번지면

고향마을에서 친구들과
함께 따먹던 열매 생각에
입 안에 번지는 포근함

친구가 보고 싶다
블루베리 속에 담긴
기억까지 달콤한 친구

마음까지 맑아져
친구를 만난다

감(2)

처음에는 떫을 감
익을수록 달다
맛이 진하다

하지만
우리 인생과는 달리
달고 진해도
떨어지면 그만

기다리면
다시 만날 수 있는
내 그리움과 달리

주상절리 길에서 고소공포증에 도전하다

순담 매표소를 지나
산책로를 따라 걷다가
순담 계곡쉼터 입구에 도착했다
설렘보다 두려움이 앞섰지만
물소리에 맡긴 채
아름다운 풍경을 바라보았다

험한 벼랑에
철망으로 만든 단층교에
첫 발을 내딛는 순간!
숨이 멈추고
급기야 무서움이 밀려왔다

앞서 걷던 네가
내 곁으로 다가와 손잡아도
구멍 뚫어진 철망 위는
두려움 덩어리였다

그래
해보는 거야
용기를 내고 걸었다

절벽에서 계곡 쪽으로 설치된
스카이 전망대를 만났을 때는
돌아가고 싶었다
그러나 꼭 잡은
너의 손이 용기를 주었다

한여울교와 화강암교가
교차되는 지점에 도착했을 때
잠시 잔바람을 느꼈고
보고 있는 경치가 눈에 들어왔다

오던 길을 돌아
순담계곡 쉼터까지는
갈 때보다 시간이 더 많이 걸렸지만
묵묵히 손잡아 주던 네가 있어
걸음마다 용기를 냈다

순담계곡 쉼터 그늘에 앉아
가슴을 쓸어내리다 일어섰다
그래, 세상은 다 그런 거야
하면 되는 거야

잘 했다며
내가 내 어깨를
토닥토닥!

애기메꽃

활짝 핀
꽃 앞에서
네 흔적을 찾는다
아득한 기억이 열린다

커피가 맛있는 시간(2)

초저녁에 잠들었다
일찍 일어났습니다
이른 새벽입니다

장맛비 잠시 그친 사이
자욱한 안개가
운치 있는 분위기를 살리고

버릇처럼 내린 커피 향기는
웅덩이에 물방울 퍼지듯
그리움 속으로 퍼집니다

그래요
늘 그랬던 것처럼
오늘도 커피로 그대
그리움을 지워야 겠습니다

핸드폰

핸드폰을
손에 들고도
허둥대며 찾고 있는 나

나는
핸드폰보다
너에게 중독된 게
분명해

안경 (2)

안경
네가 없으면
그 어떤 것도
선명하게
볼 수 없는 나

하지만
눈을 감아도
선명하게 보이는 너

봄을 기다리며

대한이지만
포근한 날씨!

갑진년 끝자락
어려운 현실 속에
비행기 사고까지
안타가운 하루하루

겨울이 가면 봄이 오듯
우리 일상에도
흐린 기억을 지우고
봄이 오기를

그대 발걸음에 담겨
내 곁으로 오기를

채우다

건전지
모기향
치약

수세미
피죤
바디워시

샴푸린스
그리고
음
아, 맞다
네 생각!

칭찬(2)

칭찬은
식은 죽 먹기
쉽게 할 수 있고

사랑은
뜨거운 죽 먹기
상대방을 살펴가며
천천히 해야 하고

시간이 흐르듯

언제나 시작은
설렘입니다
아침 햇살처럼
그대 생각이
내 안에 담길 때는

길에는 바람도 꽃도, 그리고 너도

소민 박선숙

길을 나선다
에워싼 보호의 울타리를 벗어나
는개가 엷게 깔린 설렘의 다리를 건너
바람이 세찬 삶의 비탈길을 걷는다
도착할 때가 언제인지 나는 알지 못한다, 다만
꽃들의 의지가 소망처럼 핀 꿈의 들판이
도착지라는 건 믿고 있다
그리고 그곳에
너도 있다, 내 안의 네가
환하게 웃고 있다

박선숙 시인
장편소설 가야1~20
동화 〈요정의 나라〉1~2 출간
소설 봐줄래? 출간
공저 1시집 꽃별이 되어라
공저 2시집 저 꽃눈처럼
공저 3시집 별의 숨결을 모아
인스타그램@ssminpss

걷는 이유

전경섭

오늘도 나
열심히 걷는
이유는

영원할 수
없는 삶에서

하루 더
나약해져 가는
나를 지키기 위함이다

계절마다
피어나는 아름다운
꽃들도

나를
바라보며

미소 짓는 그대도

나를 잃으면
어느 하나 바라보며
지켜줄 수 없기에

전경섭 시인, 작사가
2019년 베스트셀러(이별을 더하다)
2020년 베스트셀러(사는 이유가 그대라서)
2022년 베스트셀러(오늘 좀 그대가 보고 싶네요)
2023년 베스트셀러(누군가의 가슴에 꽃으로 사는 당신)
디지털 앨범 음원발매-늦은 사랑2, 이별을 더하다
인스타그램poet_jeon

■ 고마운 분께

에세이 한 권과 시집 두 권을 출간했고 세 번째 시집을 준비하다보니 고마운 분들이 생각났습니다.

먼저 부족한 제 시를 사랑해주시는 독자님들과 캘리그라피 작품으로 제 시를 매일 꽃피워 주시는 인스타 캘리그라피 작가님들께 마음 다하여 감사드립니다.

작품마다 '좋아요'와 고운 댓글 남겨주시는 인친님들이 계셔서 매일 감사한 시간을 보내고 있습니다.

제 시를 명제로 하여 공모전에서 수상하시고, 전시를 열어 많은 분들께 소개해주신 정성 가득한 시간에도 무한한 감사를 드립니다.(이경숙, 김목희, 조호연, 이원근, 강전주, 김은영, 조선영, 박미자 작가님)

나른한 햇살처럼 마음 편하게 만나는 나만의 그녀들 (미경언니와 우순) 만나면 웃다가 몸살이 날 것 같은 쁘띠세 자매(은채와 경아)

든든한 언니 오빠가 되어주신 유송샘, 다니엘 선생님

잘하고 있다고 응원해주는 고딩친구들(찬영, 은순, 지연)

팥으로 메주를 만든다 해도 믿어주는 인순

맑고 다정한 영희야! 친구 시집 외국구경 시켜줘서 고마워!

현관문 앞에 먹을거리며 선물 슬쩍 두고 가는 미영

명절 때마다 선물 보내는 귀한 인연 정화

꽃으로 피는 시간 북 토크 열어주신 김도연 시인님

송가인 가수님 찐팬 "러블리쏭쏭" 은미

예쁜 작가님이라고 항상 말해주시는 늘빛 작가님

친누나보다 좋다고 응원해주는 잘생긴 전경섭 시인님

인기쟁이라고 늘 말해주시는 김경숙 작가님

고운 목소리로 낭송시 작업을 해서 선물해주신 서수옥 시인님

폴댄스를 하는 헤어디자이너 사랑님, 손주 보는 재미에 푹 빠지신 고슴도치엄마 이재은 작가님

따뜻하게 품어주신 글벗문학회 최봉희 회장님과 글벗문학회 시인님들

유트뷰 박미주TV 진행자이시고 "마음 연구소" 박미주 소장님과 유친님들

여행 갈 때는 네가 최고야! 경옥 시간 자주 내자

가족과 저 보러 와주신 고마운 팬 나무들꽃님

엄마가 작가님 꼭 한번 만나고 싶다고 전화주신 팬님

언제나 예쁘고 든든한 영경샘

자랑스럽다고 말해주는 승애

고모 책 나올 때마다 엄지 척 해주는 정원, 현정 고맙다.

사랑해 자주 말해주는 승아언니

언니 잘 지내요? 자주 물어주는 현미, 경아

언제나 고마운 곽평오, 차대현, 주지민 선생님

감성을 두드리다[제1시집 2부 감성을 작품으로](이미영, 우양순, 이영희, 손영경, 정희애, 강전주, 김봄뜨락, 신석현, 조선영, 김경숙, 박연주, 정혜정) 12명의 작가님들

꽃으로 피는 시간 [제2시집 2부 선물 받은 시간] (우양순, 이영희, 유상길, 이미영, 황찬연, 손영경, 안철수, 김영섭, 차해정, 김윤숙, 김오순, 김목희, 조호연, 박옥래, 이창순, 송명순, 윤기순, 조선영, 구진회, 최승아, 정혜정, 박정숙, 김경옥, 김형애, 신종훈, 박미자, 염남교, 강성룡) 28명의 작가님께는 감사드리고

원고 수정 중에 누락되신 3명의 작가님들께는 진심으로 죄송하다는 말씀 전합니다.(두고두고 속상했습니다.)

부족한 글들이지만 용기를 주시고 리뷰 엄청 근사하게 적어주시는 그래서 늘 존경하는 [소민 박선숙 시인님, 라휘작가님], 2025년 행운처럼 1일 1캘 고운 작품 해주시는 장순옥 작가님, 신숙희 작가님, 고맙습니다.

각시들 이름만 있어서 서운하다는 내 동생 허재혁, 허진, 너 땜에 웃어 화영아! 잘 먹고 올해는 살찌자 미희야!

활짝 웃으며 달려온 웅이, 저의 4번째 출간까지 함께 해주고 디자인해 준 김의정 작가님

내 사랑 까실아~ 박지현 가수님 '콘서트 티켓팅' 고마워!

"글이 좋아요" 꾸준히 응원해 주신 윤보영 스승님! 덕분에 용기 낼 수 있었습니다. 고맙습니다.

인사드릴 분들이 더 많습니다. 이제 작은 관심과 따뜻한 말 한마디 주고받으며 살아가요 우리!

세 번째 시집 제목으로 『길에는 바람도 꽃도, 그리고 너도 있다』 어떠냐고 물으니까 "또 내?" 하면서 물어본 나의 질문에는 대답 안하는 오빠! 그래도 보리굴비 맛은 최고였습니다. 고맙습니다.

■ 글벗시선 221 허정아 시집

길에는 바람도 꽃도,
그리고 너도 있다

초판인쇄일 2025년 3월 26일
2쇄 발행일 2025년 4월 15일
지 은 이 허 정 아
펴 낸 이 한 주 희
편집주간 최 봉 희
펴 낸 곳 도서출판 글벗
출판등록 2007. 10. 29(제406-2007-100호)
주   소 경기도 파주시 와석순환로 16,(야당동)
　　　　　 롯데캐슬파크타운 905동 1104호
홈페이지 http://cafe.daum.net/geulbutsarang
E-mail pajuhumanbook@hanmail.net
전화번호 010-2442-1466
팩   스 031-957-7319
가   격 12,000원
I S B N 978-89-6533-292-3 04810

* 잘못된 책은 바꿔 드립니다.